점과 선의 일상

점과 선의 일상

임장혁 시 모음집

일상은,
종일 떨어지는 빗방울처럼
빠르지도 더디지도 않게
흐른다

끌레마 Clema

살아가면서 겪게 되는
일상의 순간순간이 하나의 점이고,
소소한 그 순간들이
연관을 맺게 되면 선이 됩니다.

고등학교 3학년 때부터
36년간 일기처럼 써 온 詩.

그동안 점점이 고독했으니
더 늦기 전에 훨훨 날아가기를.

2020년 여름
임장혁

차례

2부

1부

작심(作心)

아무래도 난 시를 써야 한다
다시 생각해도 결국 시이어야 한다
지나온 삶에 자꾸만 고개 돌리고
이 시간이 부끄러울수록
나아가는 길로 돌아가야 한다

돌아가서 만나면 부끄럽다고 말하자
내 먼저 되돌리자고는 말하지 말자
한없이 넓어진 기억의 복판에서
그나마 이렇게 썼다고 변명도 말자

눈물 보이지 말자
시라고 주장도 말자
호되게 꾸짖는 서슬 퍼런 눈앞에서도
오직 시였노라고만 당당히 말하자

다시 살아야 하는 억울한 눈물도
다시 태어날 수 없는 한숨의 세월도
모두 다 내 것이라고 시를 쓰자

신념에 대하여

번개 속을 걸어가는 남자가 있다
놀란 번개가 그를 피한다
문득문득 그의 눈이 빛나면
번개의 가슴도 쿠르릉 쿠르릉 울린다

남자는 어둠 속을 걸어가지만
가야 할 곳을 훤히 알고 있는 듯
조금도 머뭇거림이 없다
빗속을 거침없이 걸어가는 뒤로
번개가 이따금씩
그가 남긴 발자국을 비춰볼 뿐이다

그의 보폭은 일정해서
너무 빠르지도 느리지도 않고
그의 눈은 너무 강렬해서
아무것도 그를 가로막지 못한다

아무도 그가 어디로 가는지 알 수 없지만
아득히 멀어져 사라질 때면
그가 건넌 다리 무지개 되어
햇살 속에 그는 보이지 않는다

어금니를 깨문다

무조건 반사는
지극히 제한적인 것
반사할 수 있는 조건도
심하게 제약적인 것

제약 속에서 생각하고
제한적으로 반사하는 내 몸은
생각 끝에 어금니를 깨문다

생각 없이 사는 사람들을
생각하며 깨문다
일일이 생각하며 사는 내 자신의
생각 없음도 비웃으며 깨문다

비웃는 사람들을
생각하며 깨물고
어금니만 깨무는
내가 미워 또 깨문다

어금니를 자주 깨문다
아귀가 맞지 않는
현실 속에서

두 얼굴

한없이 착하게만 살아도 아니 된다
마냥 올곧게만 살려 해도 아니 된다
모든 걸 순리대로만 생각해도 아니 되고
나와 같을 거라고만 믿어서도 아니 된다

자타불이(自他不利)
나 아니면 네가 불리하다
타산지석(他山之石)
다른 사람이 가지면 돌산도 돈이 된다
아전인수(我錢引獸)
내게 돈이 된다면 짐승 같은 놈도 안아야 된다

세상에서 변하지 않는 단 하나는
오직 하나만을 원하지 않는다는 것
세상은 늘 복수(複數)를 원하기에
살아남기 위해선 복수(復讐)를 전공해야 한다

'치미는 것'을 가만히

'가만히 좋아하는'* 것처럼
가만히 치밀어 오르는 것을 좋아했다
허나 치미는 말 속에는
울컥, 세차게 오르는 것이 있어
가만히 누를 수도, 가만히 있을 수도
없다

이 또한 미치는 것 아니냐?
치미는 것 아니냐?
아니다,
가만가만 생각해보면
그만그만한 이유로
고만고만하게 살고 있는 것 아닌가

쌍심지 켜고 싫어할 일도
가만히 놔두면 나아질까 싶어
부딪치는 것들 그만 내려놓으면
고만고만한 것들이 울컥 좋아진다
미치도록 눈물이 난다

* 김사인 시집, 『가만히 좋아하는』에서 인용

그리운 하늘

간밤 꿈속에서 생생하게 아팠던
우주의 한 점 흘러간 통증이
환한 아침에도 얼얼하게 느껴질 때
그것도 몇 번씩이나
비로소 꿈과 현실의 경계를 넘나드는
소통이 시작됐구나 여겨진다

번번이 회피하고 도망치던 주인공이
정면으로 맞서며 나대기 시작하니
일종의 복수혈전?
예상치 못한 액션! 에 흡족한 감독처럼
오케이 컷,컷,컷을 날리며 인생의 변화를 만끽하는데

늘 이기기만 하는 것도 여엉~
일방적 행패가 치닫는
끝 모를 지점에 대한 염려도 고민이다
억눌리고 당한 만큼 속 시원히
싸대기 올려붙이는 드라마를 찍고
그 흔한 권선징악 사필귀정 거쳐 절정에 오르니

아니, 왜 그랬을까
서서히 뭔가 밀려오기 시작할 즈음
올림픽 메달감 발차기를 날림과 동시에

벌―떡 일어나
너그러이 용서치 못한 기억과
쌓인 분노의 빅뱅을 정리한다

함무라비 법전 같은 마음을 용서하소서
평화롭게 다스리지 못한 제 안의 우주
전편에 걸쳐 이어지는 속편 만들지 마시고
시원(始原)의 한 점으로 완결되게 하소서
끝도 시작도 하나인 그곳

다다익선(多多益善)

살을 섞었다. 라고 말하면서
살이 섞여 있다. 라고 말하지 않는 것
자주 섞어 주어야 하기 때문이다

사랑 좀 해봤어. 라고 말하지 않고
사랑하고 싶어. 라고 말하는 건
늘 사랑해야 하기 때문이다

이따금씩 사랑하는 사람들과
이미 많이 사랑해 본 사람들
아직 못다 한 하느님의 사랑이
온 세상에 아우성이다

근데, 넌 언제나 하고 싶다고만 하잖아
지금 당장 안 하는 사람들이
왕년엔 좀 했다는 거 아냐
어려울수록 기부 좀 하자, 응?

생(生), 휴~

한 달에 한 번 휴가를 얻는다
이 시대의 생리도
달거리도 아닌 삶의 휴식
쉰다는 게 그리 쉬운 일은 아니지만
쉬고 나면 분명히 일하고 싶어지지

열심히 일하는 건
한 번쯤 잊고 싶은 날을 마련하는 것
모두를 잊고 나만 기억하거나
나만 조용히 세상에서 벗어나는 꿈을 꾸듯이
찰랑찰랑 불안하게 넘치는 물잔을
주르륵 쏟아서 비워내는 일

그마저 힘들면 일 년에 몇 번
2월 30일이나 4월 31일
없는 날을 만들어 꼭 살고 싶은 게지
산다는 게 못내 미덥지 않은 날
번번이 한 번은 꼭 그렇게

아들

내 나이 서른셋, 아이는 크고
내 하고 싶은 일들은 무엇이었나
아버지도 옛날엔 그러셨을까
퇴근길 모습이 떠오릅니다

바바리 외투에 장갑 낀 두 손
상기된 볼에 허연 입김 뿜으며
'어, 추운데 왜 나와 있어'
어서 들어가자 하시면
보드라운 손길 따뜻했습니다

이미 잠들었을까
아직 안 자고 있을까 생각하며
성큼성큼 내딛던 걸음 나직이
현관문 빼꼼히 밀고 들어서면
아빠 왔다! 아내 소리 먼저 들리고

아들놈 동그랗게 쳐다보다가
정신없이 기어서 달려옵니다
이렇게만 살아도 세월 빠른데
먼 훗날 아들은 어떻게 살까
반겨 주는 태균이가 고맙습니다

어림없는 시

설 전날
명절을 쇠러 오신 아버지가
책장 앞에 서성이더니
이성복 시인의 〈남해 금산〉을 꺼내 드신다

한때
한려해상국립공원에 근무하셨기에
금산에 대해 말하고 싶으셨음일까
시인의 약력을 보셨는지
상주 출신이더라 하시며
남해 상주해수욕장을 말씀하시기에
경북 상주 아닌가요? 했더니
다시 살펴보곤 서운하신 모양이다

"이 사람 시는 가구도 없네. 서너 발짝은 훌쩍 뛰어넘으니."
그래요, 아버지
모름지기 시란 노동자들도 쉽게 읽어야 한다고
쉽게 생각한 저는 아직 등단도 못 했어요
그 가구도 없는 시가 끝없이 멀게 느껴져요
내일이면 이제 떡국 먹고 나이도 한 살 더 먹겠지요

* 가구 : '무엇을 해보려고 애써도 어림없다'는 뜻으로 쓴 충청도 사투리

할머니의 요강

1

열여덟에 시집온 할머니, 그로부터 칠십 년을 사셨네
아들딸 칠 남매 낳아 이집 저집 갈 곳도 많은데
갈수록 기력은 예전만 못해 머리맡에 요강 두고 지내시네

분가(分家)를 저어하는 둘째 아들 데리고 지내시다
세월 바뀌어 며느리 살림에 얹혀 지내 살게 되신 할머니
젊은 날 효자상 받았던 아들도 이제는 할아버지 되어
"저만 엄니 아들인감유?" 서슴없이 몰아대니
퇴직한 큰아들, 어머니 모시고 요강도 모셔 가네

곱게 쪽진 까만 머리카락이 하얗게 서리 내려 단발로 변했지만
서울로 올라가는 기나긴 한평생은 보따리 몇 개가 전부였다네

2

예순일곱 아버지, 어머니 요강 들고 동생 집 가네
욕실 드나들다 행여라도 미끄러져 다치실까 염려되니
낯간지러운 살랑거림은 맘 내킬 때뿐이지만
틀니와 요강은 곁에 늘 있어야 한다네

요강에 틀니 담아 서둘러 동생 집 찾아갔지만
내던져 버린다는 막냇동생 면박도 그렇거니와
두고 간들 되려 어머니 맘 불편하실까 봐
아버지 눈물 담아 요강 다시 싸들고 오네

신문지로 겹겹이 요강 같지 않게 포장한 요강
당신 인생도 그러하여 홀로 골동품 되어 돌아오는 길
전철 안에 아버지 애물단지 들고 오가네

등전만리심(燈前萬里心)

술 생각 많이 나는 월요일
꼬깃꼬깃 접어 집으로 오는데
설악산 선녀반점 형범이 생각이 났다
전화라도 한번 해야 하는데

그렇게 하루는 일상이 되고
모처럼 일찍 와서 집안일 돕는데
어떻게 알았을까 전화가 온다
"전화 한번 안 하냐?"

─그러잖아도 네 생각했다
"까분다. 술이나 마시러 와라."
─허허, 지금 출발하면 되나?
"세 시간이면 되지 않겠냐?"
─그래, 그래도 불러주는 게 어디냐. 고맙다. 고마워, 친구야
"아무리 바빠도 전화 좀 해라."
─그래, 맛있게 먹고

"아빠, 누구야?"
─응, 지난번에 갔던 자장면집 아빠 친구
"그래? 그럼 우리 자장면 시켜 먹자. 아빠 친구도 보고 좋잖아."
─하하 하하 허허허허

양성(兩性) 호르몬 상대성 증가

김치찌개 냄새를 따라 묵은지가 끓고 있다
"이거 일부러 계속 끓이는 거야?" 했더니
"응, 팍팍 끓으면 꺼 줘" 하고는
하마터면 깜박 잊을 뻔했다고
딸아이한테 말하는 소리 들린다

가스불을 잠그고 아무도 없는 거실등을 끈 뒤
잠자리에 눕는데 아내가 욕실에서 나오면서 말한다
"아니, 화장실 나오면서 불도 안 끄는 사람이
생활하는 불은 팍, 팍, 끄는지 모르겠어"

눈을 감은 채 혼자 속으로 말한다
바보야, 그건 까먹고 안 끈 것과
일부러 껐다는 것의 차이 때문이야

내가 남동생을 얻으면
아내에겐 언니가 생기는 걸까?

단호한 응답

은행권통합에따른간단한설문조사를하는데요잠깐십초만시간내주실
수있으세요?
네.
지금사용하시는카드는비씨비자마스
비씨요.
결제하실때주로현금으로하세요카드로하세요?
돈 있을 땐 현금, 없을 땐 카드요.
둘중하나만선택하신다면은요?
(십 초 됐네요)

지난번은행권통합에따른설문조사에응해주셨죠?
아뇨.

은행권통합에따른간단한설문조사를하는데요잠깐십초만시간내주실
수있으세요?
아뇨.

은행권통합에따른간단한설문조사를하는데요잠깐십초만시간내주실
수있으세요?
전화 많이 받았습니다.

은행권통합에따른간단한설문조사를하는데요잠깐십초만시간내주실
수있으세요?

무슨 카드 쓰냐, 뭘로 결제하냐
물어보려 그러죠?

은행권통합에따른
무슨카드뭘로결제나이이름물은다음에나중에전화해서당첨축하드리
고요가입비연회비없는할인서비스제공인데카드번호알려달라고할거잖아
요맞죠?
뚜뚜뚜뚜 ……

저, 은행권통합에따른
당신 아르바이트 시작한 지 얼마 안 됐지?

IMF 명예퇴직

북쪽 끝에 거진 다 왔다 싶은 곳
저편 푸른 바다 파도소리 배경 삼아
이백 년 송 몇 그루 툭툭 내던져
풍경화 한 폭이 자리를 잡는
강원도 고성군 거진읍 반암리
앞마당 드넓은 솔밭 막국수집

광고담당 십 년 수완이 막국수를 배달하고
경로우대중 소지자는 할인도 해준다며
배달용 철가방 들어 보인다

'대단한 변신입니다' 한마디에 '뭐 병신이라구?'
입가엔 솔솔 파아란 미소 머금고
'자연도 이만하면 병신도 할 만하지'
동해물 먹은 김치 쏴아 하고 깨어나니
새 술은 새 부대에 다시 시작하고 싶다

저돌적인 추진력 김탱크 과장님
외로울 땐 간혹 서울 날씨 묻지만
이곳 날씨 늘 그렇죠 항상 바빠요
반암리 솔밭 날씬 어떠한가요

개구쟁이 아이가 온종일 뛰노는
앞마당 너른 저편 파도가 지켜보고
솔가지 끝에 걸린 둥근 보름달을
막국수 한 그릇에 담아내는 과장님

부서 이사

전사 차원의 구조조정을 마치고
IMF 한파에도 살아남은 사람끼리
떠난 사람들이 남기고 간 짐들까지
고스란히 이삿짐으로 꾸리고
더 이상 올라갈 곳이 없어
한 방에 날아갈지도 모른다고 농하는
빌딩 꼭대기 28층으로 이사를 간다

너무나 좋았던 사람들의 기억 속에서
너무 빨리 잊혀야 한다는 사실이
더욱 가슴 아프다는 여자 후배 앞에서
어제는 왜 자꾸 미안한 생각만 들던지

말끔히 정리한 책상 유리 밑에 눌려
주인 없는 자리를 소심하게 항변하고 있는
성차별 부당해고 대응방법 기사를 읽으며
속 쓰림에 좋다는 차 한 잔을 마신다

맹인

출근길 지하철 환승역 연결통로
시간에 쫓기는 다급한 사람들 번쩍번쩍
어디서 튀어나와 부딪힐지 몰라
멈칫멈칫 낯선 두려움이 떨고 있다

빠른 것들이 저지르는 일상의 폭력
어깨로 가방으로 툭, 툭, 쏟아져
어설픈 본능의 지팡이에 의지한 걸음마는
겁 없는 세상에 질려 한없이 머뭇거린다

봄바람

입춘도 지나고 봄이 오는 길목에서 사고를 냈다
신호에 걸려 멈췄는데, 멈춰서 옆좌석의 물건을 집었는데
아뿔싸, 기어도 풀지 않고 브레이크에 얹은 발이 풀렸다
그런 줄도 모르고 뭐가 좀 이상하다 싶어 보니
슬며시 앞차와 키스해 버리고 만 뒤다

입술을 뺏긴 차주는 느린 그림으로 건들건들
누가 잠자는 사자의 코털을? 후비며 걸어 나오고
빼도 박도 못 한 채 고대로 기어나와 자백을 했다
일단 차부터 뒤로 빼시오 예잇~ 현행범으로 자수하니
떨리지도 않았다 치마를 들추고 입술을 까뒤집던 남자는
이년이 아예 주저앉았네 하며 이 기회에 갈아치울 생각부터
하는데 신호가 바뀌어 일단 갓길로 대자 하고 따라나섰다

이제 이년을 어떡할 거요
남자는 발길로 자꾸 주저앉히며 말했다
공업사 갈 거요?
허허, 약국도 아니고 병원이라니
네, 네 그러자고 할밖에

키스의 흔적은 번호판 볼트 자국으로 찍히고
대일밴드 대신 안면 교체를 의뢰하더니
내가 이년을 못 잡아먹어 그런 건 아니오

위내시경과 대장검사까지 확실히 해달란다
얼굴만 바꾼다고 새 여자 될 성싶으냐는 생각에
기왕이면 좋은 낯짝으로 다시 볼 일 없게 해달라고 했다

어설픈 봄바람에 남의 여자 얼굴이나 고쳐주고
내 마누라 얼굴은 제대로 들여다보지도 못했다

암울한 진실

2008년 10월 2일,
악성 댓글에 시달리던
진실이 스스로 목숨을 끊었다

뒤늦게 세상은 악플 추방을 위해
진실法을 만든다고 하는데…
정부 · 여당 "법 없으면 더 심해져"
야당 "표현의 자유 훼손"

진실을 외면해 온 한 보수언론도
고금역대촬요 팔면봉(八面鋒)을 통해
"익명(匿名) 뒤에 숨은 비열한 자들,
반드시 응징하길…"이라고 썼다

우울이 활개를 친다
찾아라, 별빛
홀로서도 빛나는

직각

저한테는

본부장님이

다섯

번째십니다

난 너 같은 놈 첨 본다. 아, 짧다. 쓰바—바—바바—바바바---

어쩌라고?

잘해 보자고.
나도 힘들고 너도 힘들고
너 때문에 나 때문에
자꾸 서로 힘들어지니
이제 그만하자고

살고 보자고.
나도 참고 너도 참고
네가 싫지만 내가 싫지만
서로 견딜 만큼 참았으니
이제 그만 일어서자고

깨어나자고.
너도 외롭고 나도 외롭고
서로 부딪치며 마실 만큼 마신 세월
깨어나자고 벗어나자고 다짐했으니
이제 그만 털어내자고

사랑하자고.
미운 정도 고운 정도
켜켜이 쌓이면 그리움이라고
서로 배려하는 아쉬운 마음
이제 그만 미안하자고

사람의 상처

냉담의 대부분은 하느님이 아니라
사람에게서 받은 상처 때문이라고
말하는 마음 끼리끼리 상처받다
상처받은 가슴 옹기종기 모여
술잔을 기울인다

괜한 십자가 짊어진 종교가 미안하게
괜히 종교를 가졌군! 하는 후회
괜히 종교를 가졌다. 하는 마음
괜히 종교를 가졌나? 하는 미련들
한자리에 모여 날 새도록 퍼마시다

몸 망가지고 마음 쓰라리다
어우러져 쓰러진 몸, 널브러져 합해진 맘
푸념하다 귀의하고 등 돌리다 매달린 채
헛되고 헛되어 헛되니까 헛된 사람
저마다 지닌 상처 열심히 핥아 주었다

성모의 맨발

그토록 기댄 바람도
기다린 보람도 없이
채용불가 통보의 전화가 오고
괜찮다 괜찮다 마음 다독여
수요일 저녁 성가연습 나갔다

그래도 웃고 나타났다며
속사정 아는 수녀님 반겨 주시고
두 손 모아 고개 숙인 성모상 앞에
바람의 촛불들이 출렁거렸다
다가가 다시 인사드릴 때
모두온 성모의 두 손
자꾸만 살아 있는 기도 올리는 것 같아
눈물 보인 아내와 어머니 생각이 났다

모든 바람 다 들어주시는 어머니
조르고 땡깡 부리는 게 가능하신 분
불러 세워 주서서 감사합니다
더 이상 잃을 것도 없습니다
나보다 성모님의 맨발이 시려 보였다

죄송합니다

휴일 낮 아파트 계단에 쪼그려 앉아
담배를 피우는데 엘리베이터 소리
23층 멈추더니 발걸음 가볍게 내려온다
내려오다 문득 얼어붙은 걸음
조심스레 통과하며
죄송합니다 죄송합니다 죄송합니다

세상살이 오다가다 마주치며
서로 죄송할 일 수두룩한데
나 때문에 건너뛴
22층 광고지 두 장
아, 내가 정말
죄송합니다 죄송합니다

내 돈

사업을 하다 큰돈을
잃어 본 사람들이 말한다

돈이란
내가 가지고 있는 것이
내 것이 아니라
내가 쓸 수 있는 것이
내 것이었다고

돈이 좀 모이면
차를 바꾸겠다는 계획도
우리 가족 해외여행을 위해
푼푼이 모으는 저금통 동전도 아니고

어제 마신 맥주 한 잔 값과
주말에 본 가족영화 관람료
곁들인 팝콘 한 봉지 요금이
바로 내 돈이었음을

샐러리맨의 꿈

차가운 야성의 고양이보다 개 같은 여자를 만나고 싶다
머언 발소리에 귀를 세우고 수상한 어둠 매섭게 쫓아
돌아보지 않아도 마음 든든한 충직한 섬김의 그런 개 같은

하마면 눈부신 오월 푸른 날 붙잡으려 애써 쫓지 않아도
아름드리 벽오동 해그늘 아래 자그마한 부리로 깃을 다듬는
청아한 목청의 꿈같은 새 하늘에 놓아기르고 싶을 게다

깊은 밤 나는 대왕고래가 그립다
입 안 가득 휘파람 물보라 일어 영롱한 빛 얼핏 내비치기도 하는
속 깊은 바다 태고의 사랑이 밤마다 내 것인 양 돌아오는 귀가

새해, 서른

하루, 하루가 모여
그날 이후 삼십 년이 흘렀다
단 하루도 똑같지 않았던
하루 또 하루가 여전히 부끄럽게

서러운 날 많았고
용서받는 날, 많이 보았다

그래도 여전히
아직 많은 내가 남아 있다고
이제 시작일 거라고
말하는 나에게

고백 1

시작은 달려야 했다
어둠이라 혼돈이라 암흑이라 했다
탈출을 위해 달렸다
어딘지도 모르고 어디로도 모르고
빛의 속도로 고환을 빠져나왔다

그 순간부터 외로운 독주인 줄 알았는데
모두가 달리고 있었다
생존을 위해, 목숨이라는
이름 하나 얻기 위해

온몸이 뜨거운 그것
태양이 보였다
달려들면 죽을 것 같은 불
따뜻했다

거기서부터 내 인생이 꼬였다
무엇인지 모른 채 사람으로 자랐고
그로부터 나는 단련되었다
헤엄을 치며 눈길을 걸었고, 사막도 건넜다
이해할 수 없는 사람의 길을 먼저 배우고
비로소 태어날 수 있었다

빛의 광속으로 달려왔건만
새로운 빛은 왜 이리 더딘지
내 의지와 상의 없이
누군가를 아프게 했다
거기선 그를 어머니라 불렀다

그 형체를 받아 세상에 나왔다
그런데 왜 나를 축복해 주는지
울음이 나왔다

아! 긴 길이다
기나긴 여정이다
어머니를 어머니라 부르지 못하고
맘마라고 불렀다

고단한 몸을 뒤척이니
엎쳤다고 난리다
참! 우습다 했더니
웃는다고 난리다
허, 참 묘한 걸!
이것도 옹알이란다

대책 없는 바람
눈을 감고
잠시 나를 까맣게 잊었다

난 이미 출발선에서 알고 있었는데
하물며, 나의 능력이 힘을 발휘하지 못하고
어정쩡 우물쭈물 쭈뼛쭈뼛하는데
손뼉을 쳐준다 왜?

그 기쁨에 실망을 주지 않으려고
천천히 가기로 했다
아장아장

고백 2

나는 아모개다
어떠한 집안의 몇대 손이고
모처에서 모시에 태어났으며
몇남 몇녀의 몇째로 태어났다

나는 끊임없이 움직였으며
무언가를 했다
그게 무엇이었는지는 가물가물
알려고 하면 할수록
끝없는 길만 떠오른다

어디서 왔지? 왜 왔지?
뭘 했지? 지금은 어디지?
나는 날 잊어야 나를 찾는다
나는 날 버려야 나를 얻는다

내가 누구지? 졸립다
나는 잔다
자장자장 웅성웅성 시끌시끌
내 머릿속을 뒤흔드는 천둥소리에
침묵하려 노력한다

누구지?
누가 날 부르지?
누가 왜 나를 부르지?
생각의 끝은 의심이었다

우주의 음모
태생의 비밀
영겁의 회귀
별별 상상을 다 하다 보니
태어날 적 오만함이 원인이었다

다 알았었는데
다 잊고 있었구나
나올 땐 광속이었는데
왜 이렇게 더딘지

나는 혼돈에서 나와
질서 있는 혼돈에서 산다
삶이 혼돈인 줄 알고
혼돈으로 걸어간다

고백 3

세상에선 모든 게 이야기가 되었다
진지는 드셨는지
밤새 안녕하셨는지
늘 차조심 하고
여름이면 물조심
겨울이면 연탄가스 조심
가뭄엔 목이 타고
홍수엔 속이 탔다

동생들이랑 잘 놀고
친구들이랑 사이좋게 지내고
때 되면 들어와서 밥 먹고
숙제는 말 안 해도 알아서 하고
잘 씻고, 잘 자고
속만 안 썩이면 대체로 순조롭다

내용과 상관없이 팝송을 흥얼거릴 즈음
유행가 가사가 쏙쏙 이해되고
밤새 편지 쓰고, 아침에 부치지 못하고
사무치는 노래 한두 곡쯤 생기면
목 터져라 부르고 싶어
이불 뒤집어쓰고 연습하고
하지만 청춘, 이는 듣기만 하여서는

가슴 설레지 않았다

안경을 쓴 뒤로 보이는 게 많아졌다
생각하는 갈대는 물론이고
네 의지의 준칙이 항상 보편적 입법원리에
타당하게 행동하라는 이정표며
사랑하면 알게 되고, 알면 보이나니
그때 보이는 것은 전과 같지 않을 것이라는 예언에
안경을 자주 썼다 벗었지만
시력은 더 이상 나빠지지 않았다

꿈보다 해몽

집으로 돌아온 가장(家長)에겐
하루를 편히 쉴 수 있는 침대가 있지만
고단한 잠에서 깬 적막한 새벽
어슴푸레 시작한 해몽의 실마리가 곰곰하다

어찌하면 좋을까
어찌해야 더 잘될까
아침을 번쩍 눈뜨게 하는 태양,

때론 강하게 때론 부드럽게
늘 예고도 없이 불어와
가늠할 수 없는 크기로 머리칼을 넘기는 바람,

지구가 이리 빨리 돌고 있었던가
계속 지켜보고 있어도 미안, 미안! 하게
손을 놓고 마는 노을,

다시눈감지말자 맞바람을피하지말자 놓친손후회하지말자
해가 뜨고 바람 불고 노을이 물드는 책상
침대에 한 여자가 자고 있다

건망증

언젠가 분명히 본 너를 찾지 못하고
있어야 할 곳에 없는 너를 찾아
다급히 뛰쳐나왔다

내 안에 있는 것조차 찾지 못하고
그 어디서 나는 찾을 수 있을까

〈나를 찾습니다〉
이름 : 나야나
발생일자 : 어느덧
발생장소 : 현실
인상착의 및 특기사항 : 어렴풋

익명

매복한 복병처럼 벨이 튀어나온다
음, 나야!
묻기도 전에 들리는 대답은
보기 좋게 뒷덜미를 채가고
음, 너냐? 라고 속으로 말한다

마이클 잭슨의 스릴러 웃음소리
홍신자의 미궁으로 응수한다
내일 또 볼 일이 있을까
구름의 이동 방향으로
여기는 막다른 골목

넋 놓고 쳐다본 하늘에
길 잃은 전파가 주르륵 쏟아진다

네~ 술 대학원

아내는 의심하기 시작했다

무슨 불만이 있는 건 아닐까
대체 무슨 일이 우리 남편을 번번이 현관 앞에 거꾸러지게 할까
3교시는 왜 항상 강의실 밖에서 못다 푼 화두를 막잔으로 남기고
새벽은 또 오늘 어디서 요이— 땅, 총알택시 붙들고 있을까
아침을 신봉하는 사람들 속에서 남편의 새벽이 위태롭다
그이 앞에 놓인 징검다리 밤새 건너면 또 건너야 하는 과정일 뿐인데

남편은 걱정하기 시작했다

이러다 날이 새는 건 아닐까
집으로 가는 길이 아직도 멀다 싱싱한 어둠이 너무도 짧다
쓰러져 죽어가는 술병 일으켜 말씀 한마디는 따라줘야지
넘치는 술잔 끝에 남기는 유언 기꺼이 들었으면 마셔줘야지
아이를 재우며 깨어 있는 아내 자다 깨다 먹이고 재우기를 반복하는 동안
오늘도 난 켜켜이 쌓인 책의 두께를 이제야 겨우 몇 병 넘겼을 뿐인데

부실 퇴출기업

한 명씩 두 명씩 인사하고 퇴장하고
허한 자리 운동장에 홀로 남아 있습니다
잠시 외근 중인가요, 며칠 출장 갔나요
라커룸에 깊숙이 젖어 있는 건 아니겠죠

나는 공인데 구르지 않고
한 자리에 붙어 움직이지 않는 골대가 됩니다
움직일 수 없어 갈 수도 없는
지금 여기 이렇게 서서
당신의 빛나는 세리머니 기다립니다

한 골만요, 시원하게

소나기 골 넘쳐흐르지 않아도
벼락같은 응원 소리 들리지 않아도
보여주세요, 드넓은 당신 등에 펼쳐진 푸르른 젊음

이제 두 번 다시 돌아갈 수 없어도
또다시 걸음마를 배우지는 못해도
명예란 헛발질은 하지 마세요
정년의 승부차기 긴장하지 마세요

고통을 나눠주며 흘러가는 저 강물도
골대를 하늘 높이 올려놓지 말아요
앞만 보고 땅만 딛고 달려온 전술에
오프사이드 휘슬을 불지 말아요

엠파스를 떠나며

지끈지끈한 근육통엔
후끈후끈한 대일파스가 좋았다지
산업역군 아저씨들 근육도 참 멋졌어

벌레 물려 가려운 덴 물파스가 최고라지
약 올린 십자 모양 손톱자국보다
뒤늦은 쓰라림이 더 낫긴 했어

급성과 만성을 오가는 쿨과 핫으로
제일파프 무지 바쁠 때,
시원함도 맛보고 뜨거움도 맛봤지
몸이 드디어 파스 맛을 안 거야

그때부터일까
시커먼 대일파스처럼 구멍 뻥뻥 뚫리고
가뭄 끝 논바닥 쩍쩍 갈라질 땐
시원한 물파스 들이붓고 싶었지
뜨거움 참다가 어설피 된맛도 보고
시원함 좇다가 따끔한 적 많았지

물도 불이 되어 타오를 수 있음을
캐내야 할 통증이 뼛속에도 박힘을
바람 든 무가 되어 이제야 알게 뭐람

사방 숭숭 바람 통할 때,
굵고 길게 산다는 건
가두지도 않고 캐내지도 않는 것

줏대 없이 빙글빙글 돌아가듯 보여도
내 안의 삶, 방향 잃지 않는 것

엠파스는 사라져도 컴퍼스는 필요해
뜨거운 맛, 시원한 맛 가려주길 부탁해

40세, 아홉 시 뉴스

기억하라,
생각한 대로 살지 않으면
사는 대로 생각하게 된다. _『빛의 제국』 중에서

지은 죄 없이 신촌길 서성이다
학생 신분으로 전경에게 불려갔지
속으로 욕한 거 들었나요?
아뇨, 저기 하며 가리키는 손끝엔
고교 동창 녀석이 쫄았지? 하며
재미있다는 듯 미소를 짓고

나도 군대 가고 제대하고
세월 흘러 어느 날 문득
길가의 경찰들 앳돼 보이더니
점점 국토방위 역군들 불쌍해지고
그런 게지 그런 게야 다 그렇지 뭐

어린것들에게 국방과 치안을 맡기고
아이들 쑥쑥 자라는 동안
애써 볼 것 못 볼 것 가리게 되고
더 이상 정치에 희망은 없다
참으로 거시기하게 그렇고 그랬지

출근길 시선집중 대신 클래식 감상
퇴근길 뉴스도 후회하며 듣는데
급기야 TV로 본 아홉 시 뉴스 기자
이젠 애들이 뉴스를 전하네?
뉴스도 같잖아져 시시콜콜하던 차에
애들 말 다 믿을 수 있나
늙지 말아야지, 생각대로 살아야지

일상 탈출

말도 안 되는 일상으로 스트레스가 차곡차곡 쌓여가고
쌓인 이야기 안주 삼아 한 잔 두 잔 술자리 늘고
열에 한 번은 가라앉고 엎어지고 자빠지고
때론 흘린 지갑이며 휴대폰도 되찾고
반복되는 후회로 초라해지고
점점 더 할 말이 없어지고
우울해지고 쓸쓸하고
외롭고 허전하고
뭘 해야 하지?
고민되고
그때
딱!
애인
있었으면
좀 쉬었으면
새로이 시작했으면
잘못은 잊을 수 있었으면
하고 싶은 게 점점 많아졌으면
함께 영화도 보고 여행도 떠났으면
남몰래 즐거운 비밀 조금만 간직했으면
그로 인해 더는 아무 일도 생기지 않았으면
이게 다 애당초 내가 아내의 애인이었더라면
생겨나지도 않았을 일이라 생각하고 다시 시작해 보면

일상 복귀

말도 안 되던 투정들이 하나둘씩 이해되고 한꺼번에 해결되고
밥상머리에서 나누는 소소한 일상의 이야기가 재밌어지고
어쩌다 한 번씩 꽃도 사 가고 좋아하는 모습도 보고
때론 팔베개하며 하늘도 보고 음악도 듣고
그동안 참았던 속상한 말도 들어주고
점점 더 할 말이 많아지고
즐거워지고 달콤하고
괜히 웃음 나오고
나 왜 이러지?
행복하고
그때
아!
당신
거기 있지?
이제 좀 쉬어
친구들도 만나고
힘든 일은 다 잊어 버려
하고 싶은 거 많이 참았지?
혼자 영화도 보고 여행도 다녀와
당신만의 즐거운 추억 많이많이 만들고
반복되는 일상으로 인해 더는 맘 상하지 말아 줘
이게 다 우리가 애인이었더라면 진즉에 가능한 일인데
이제라도 해 줄 수 있어 다행이야 나도 행복해 곰탕은 잘 먹을게

가을 모기

어둠 속에서 전파가 울린다
찰싹 제 뺨을 때린다
다시 이불을 뒤집어쓰고
빠끔히 얼굴만 내놓지만
어김없이 주파수가 잡힌다
도플러 효과 때문인가
수혈이 시급한 구급차처럼
빠르게 다가오는 소리가 더 크다

몇 번 제 뺨을 때리고 나면
작정하고 벌떡 일어나게 되지만
불빛과 함께 사라진 환청
반쯤 감긴 눈부터 치켜세우고
참고 인내하며 기다려야 한다
그래도 안 나오면
전등 대신 TV를 켜거나
볼 일 없이 욕실 변기에 앉는다

이제는 실체와 대면해야 할 때,
비문증처럼 뭔가 떠다니는 듯싶으면
짜짜짜짠 반드시 나타난다
바로 그때,
준비하고 있던 살충제를 뿌리되

최대한 살~살 사알~살
분무하는 힘으로 모기를 날려 보내지 말고
따라가면서 조금씩 치익~칙
마치 안개로 적셔준다고 생각하면
마침내 장렬히 추락하는 몸통을 보게 된다

살충제가 없을 때는 변비 환자처럼
소식을 기다리며 무심히 앉아 있으면
자동차극장 스크린에 그림자 잡히듯
화장실 하얀 타일에 포착이 된다
순간 얼른 문을 닫으면 그걸로 끝
행여나 사라져 보이지 않아도
구석구석 몇 번 허공을 휘저어주면 된다

현미경으로 보는 듯
흑백이 선명한 동양화 한 점
하늘의 해만 그린 일장기처럼
새빨간 서양화로 바꾸는 건 시간문제다
빼앗긴 피에 대한 위안은 필요 없다
모기만 사라져도 고요한 무릉도원

1997년식 소나타

연일 계속되는 강추위에 애마가 떨고 있다
열쇠만 꽂고 돌리면 부르릉
달궈지지 않아도 잘 달리던 그녀가
내리깐 게이지의 속눈썹을 치켜올리며
새빨간 입술을 벌리기 전까지 가차 없이 찬바람이다
불현듯 전해주는 떨림은
탈선과 급정거를 염려케 하는 긴장의 연속

굽었다 펴지고 올라섰다 내려가는
질주의 전도율을 따라
함께 달궈지고 식어져 늘 한몸이라 생각하고 가지만
너무 오래 앞만 보고 달렸다
심장의 찌든 속 때 깨끗이 씻겨주고
밥만 잘 먹여준다고 든든할 것인가
어디로 갈 것인가 지금 우리는

가도 가도 똑같은 세상인 줄 알았는데
약관(弱冠)에 접어드니 처음 출발한 곳이 보인다
새로울 것 없이 저절로 가는 길
자동변속기로 왼발과 오른손이 할 일을 잃으며
순간의 대처도 무뎌졌다
갔던 길도, 같은 길이 아니어도 능숙하게 돌아가지만
어딜 가도 조금은 상처받고 부딪치는 낡은 19년차

약손엄마 간병인

건강보험료 납부가 하루 연체됐는데
무려 사천 원씩이나 더 빠져나갔다며
역시 자본주의 나라는 다르다고
한국은 정말 무서운 나라라고 했다

아버지 면회를 간 요양병원 승강기 안에서
왜 개인한테 물어보지도 않고 건강보험료를 내게 하는지
항변하는 조선족 간병인들의 대화를 듣다가
그게 얼마나 좋은 복지인지 말하려다가 말았다

각자 생각한 대로 말하는 게 편하겠지만
막말은 얼마나 타인의 마음을 지치게 하는지
어둑한 창문 너머 저편 하늘 끝을 보면
구름의 가장자리는 하얗게 빛나는 걸 알면서도

교언영색 뻔뻔함의 극치는 다 황이고
나다다의 백치미도, 진태양난의 개소리도
미래를 위해서는 통폐합이 쓴 약인데
쉽게 내뱉기만 하고 도통 삼키지 않으려 하니
옛다, 엄마 손이 약손이다

연휴

햇살이 껄껄껄 크게 웃으면
천둥이 서럽게 북받쳐 울어도
구들장 지고 묵새기진 않을 터인데

잠이나 자고
이따금 텔레비전 보면서
딸내미랑 같이
찔끔 울다가 보면

온종일
떨어지는 빗방울이
빠르지도
더디지도 않고

똑
똑
똑

2부

출토의 서(序)

잠을 자서는 안 된다
보이는 것 없는 깊은 밤
아무것도 할 힘이 없다 할지라도
밤이기 때문에 눈을 감아서는 안 된다

어둠이 내 목을 누를 때는
차라리 움직이자
내 모든 몸짓이 어둠에 스며들어도
우리의 고함이 어둠 속에 갇힌다 해도
긴긴밤 동안 모두가 죽어선 안 된다

침묵 아닌 침묵이 흐르는 밤
말문이 터지듯 동이 트리라
어둠에 익숙해진 두 눈이
차마 뜰 수 없는 밝음이라도
눈부신 햇살은 떨쳐야 한다

그리하면 꽃이 피리라
태양이 있는 한 어둠에도 꽃이 피리라
꽃 피고 향기가 퍼지리라
빛이 갈 수 없는 구석구석에도
향내만은 그윽이 스며들리라

호수에서

하늘엔 구름이 가득하고
비는 언제라도 내릴 겁니다
그리하여 나의 기다림은
아직도 절반

기다리다 지치면
비가 내리고
비가 내리고 나면
다시 기다립니다

좀 더 기나긴
그리움으로
마디 굵은 설움으로
기다리고 싶습니다

호수의 가득 고인
물 위로
나의 기다림이 떨어지지만
모습은 이미 사라진 지 오랩니다

아니, 벌써 호수가 되었는지도 모릅니다

나의 모습 찾는 이 없고
나 역시 찾으려 하지 않습니다
그저 넓은 호수만을 바라보며
어느 한구석에 있을 나를 가만히 떠올려 봅니다

뜨거운 여름날
호수에도 태양빛이 찾아들어
그 빛길 따라
하늘 높이 올라갈 때까지

고교 졸업 후

하나,
외로운 마음에 별들을 헤아립니다
둘,
만남의 기쁨에 달님을 바라봅니다
셋,
서로의 우정이 우리를 간직합니다
우리,
공동의 생각이 무리를 이뤄갑니다
다수,
끝까지 공존될 신념을 확신합니다
모두,
그날에 행복한 웃음이 넘쳐납니다

다시 하나,
오는 날 그리며 홀로이 이겨냅니다

첫사랑

한 소년이
무던히도 무지개를 잡으려 했다
잡히지 않더라도
꼭 잡겠다는 신념이 있었기에

모진 고통에도
쓰러질 수 없는 자존심은
다가오지 않더라도, 다가서는 신념으로
일생을 살고자 스스로 다짐하면서도
혹,
무지개가 아닐지 모른다는
불확실을 저버리진 못하였다

지친 자의 솔직한 고백보다
길을 잘못 들어섰다는
배운 자의 허영으로
무지개는 일곱 빛깔이었다고 말해야 될 때
짓누르는 고독은
당연한 대가였다

노을 진 하늘 저편
빛나는 일곱 개의 별
나는 어둠 속에서 무지개를 보았다

친구에게

캄캄한 새벽하늘
어두울수록 뚫고 일어서는 빛이
어우러져 이룬 모습

ㄴ ㅏ ㅡ ㄴ ㅓ ㅡ ☆ ㅜ ㄹ ㅣ

나와 너의 우리가
은하수 되어 흐르다가
흐르다가 그대 사랑하면
사랑하고 말아 달님이 되고 나면

우리 믿음 지킬까
아득한 사랑 보일까

달보다 더
있는 모습 지키며 끝까지 남을
우리가 되어야 하리
함께 있되 바라도 보는

ㅁ ㅣ ㄷ ★ ㅡ ㅁ
★ ㅜ ㅈ ㅓ ★
★ ㅕ ★ ★ ㅜ ㅓ ㄴ

서로 나누는
우리 모두 진실한 별이 되어야 하리

천지송(天地松)_성장

나에게 땅이 주어진 뒤로 노력이 시작됐다

푸른 나무를 심고자 했으나
거친 황토에 잔디가 돼주었다
잔디에 누워 바라본 하늘은 너무 높았고

꽃 한 송이 심었다
은은한 향기는 지상의 기쁨을 주었지만
하늘이 보고 싶었다

나무 한 그루 찾았다
정성껏 북돋아 주고 거름도 주었지만
과다한 거름은 성장을 거부했다

하늘을 보리라던 꿈은 깨어지고
아픈 가슴 가지를 치고
새싹이 움트기를 보기로 했다

지쳐 누운 잔디는 변함없이 따스했다
하늘을 보세요
별이 박힌 하늘은
왠지 가깝게 느껴졌지만
내가 설 땅이 거칠다

나의 몸 어딘가에
두려운 꽃 한 송이
물도 제대로 못 주었는데

나약한 꽃 한 송이
비바람에 떨며
외로이
하늘 향해 자라나고 있었다

상처 난 꽃잎, 부러진 가지
내 가슴 구석구석 파고드는 절망
이 거친 땅에 네가 있을 줄이야
네가 남아 이렇게 울고 있을 줄이야

몰랐다면 거짓이다
외면한 건 죽음이다
너의 하늘은 없다!

땅을 일구자 오직 한평생
죽음보다 더한 아픔, 나의 피와 눈물로
나의 땅 내 영혼에 천지송(天地松)을 심어보자
두 발 곧게 세워 천지를 품어보자

숯불의 의미

—이동수(李東洙) 학형 분신에 붙여

언제라도 상큼한 새벽 공기는
날이 밝아옴에 따라
받아들여지지 않는 현실이 되어
아침마다 조화의 시련을 겪는다

채워지지 않는 공간
또 하루의 숫자가 타들어가고
뜨거운 열기가 붉게 물들 때까지도
메워지지 않다가
까만 필터로 여과된 탁한 공기 속에서
비로소 현실이 되어간다

어둠을 부정할 수 없다
그 어둠을 살아갈 수도

죽기 위한 삶,
이젠 살기 위한 노력이 있어야 하건만
죽기보다 어려운 극복,
삶

네가 나로 서자
내가 너로 살자
죽어 간직할 수 없는 것
살아 다가오지 않는 것들로
너와 나의 뜨거운 生을 만들자

〈그가 남기고 간 말〉
—'아니오'라고 말할 수 없을 때 인간은 노예가 된다.
—민중은 말이 없지만, 또 우둔하지만 결코 죽지 않는다.
—역사만이 나의 몸부림을 심판해 줄 것이다.

손수건

—故 이한열 열사의 민주국민장을 치르며

우리의 부패를 살균하기 위하여도
忍(인)을 방패로 한 64다연발에 맞서
차가운 분노는 끓어올랐다

다시 일어나서는 안 될 불상사의
또 한 번의 종식을 기하는 날에도
얼마나 많은 생명들이 위협을 받았던가

억누르는 뚜껑을 밀어 올리는
뜨거운 산화의 모습을 보라
진정 참지 못한 시대의 부르짖음은
한두 방울이 수십만으로 구름 되어 맺혔다

매끄러운 아스팔트의 오만이
번영만이 아니었음을 안 사람들은 얼마나 현명하고
선진조국의 지름길을 강조했던 사람들은
또 얼마나 부끄러운가

병인년 한 해에도 깨어나지 못한 호랑이는
아직도 도약을 못한 채 깡충깡충
가장 높이 나는 평화의 비둘기가

가장 적게 마시는 시청 앞 최루 하늘

그 위로 흐르는 구름 잠시 멈추고
폭우라도 쏟아져야 할 이 땅에
가슴에 파고드는 흐느낌만 쏟아져
뜨겁게 흔드는 손수건들이 조의(弔意)를 표했다

멀리 있는 친구여

해 뜨면 스러지고
비 오는 밤에도 갇혀 있다가
그대 잠든 창가에 기대
쉴 곳 찾는 계명성

봄볕이 그리운 건 따스하기 때문이 아닙니다
가을이 기다려짐은 청한 하늘 탓이겠죠
따사함을 모르는
오늘도 세상을 보지 못하고
희망도 길잡이도
눈빛도 될 수 없는 감금의 나날

엄마를 기다리던 민주는 잠이 들었을까
언제나 하나, 둘
다시 헤아릴 때도 잊지 않던 손짓
남아 있을까 두 맑은 눈동자에

세상은 왜 꿈을 좇지 않는가
대낮에도 별을 헤는
눈망울이 그리웁다

간도(間島)의 소녀_서시(序詩)

간도 깊은 산골에도
가을비는 내리고
소녀는 홀로 사색에 잠깁니다

할아버지 머리맡에서 흘러나오는 노래는
할아버지를 꼭 붙들고
광개토태왕과 고선지 장군 이야기를
못 듣게 만듭니다

"여기는 대한민국 서울에서 보내드리는…"
소녀도 언젠가 들은 적이 있습니다
또박또박 맑게 퍼지는 낭랑한 음성은
그 옛날 만주대륙을 달렸다던
힘찬 말발굽 소리처럼 소녀를 설레게 합니다

그리움

여름날 고요함이 낯설게 달리는
월요일 정오의 을지로 순환선
굽은 길 펴지는가 싶더니 문득,
끝-칸-에-서-처-음-칸-을-본-다

오랜 습관이 기억하는 공중전화 사각판의 숫자
또박또박, 꾹꾹, 내디뎠으나
긴 어둠을 따라 보이지 않는 곳으로만 나아가는
막힌 반복음, 다시 열리지 않았다

한 올의 실가닥
팽팽하게 다가오는 목소리
더 이상 들리지 않는다
순간의 직선거리, 빛나던 눈동자

안산(安山)으로 가는 길엔 대야미(大夜味)가 있다

낯선 얼굴끼리 모여 앉아 떠나가고 있어요
—아무도 슬퍼하지 않는 표정 차라리 밖을 보죠?

뭐가 달라지나요, 말없음의 깊이는 알 수 없는데
—모두가 한 배인 거죠. 목적지가 다른 울안의 사색

조금씩 기다리는 사람들이 더 따뜻해 보여요
—잠깐이에요, 아침과 저녁이 다르다는 건

쉬었다 갈 순 있잖아요, 그렇게 목마르시면
—다 왔어요. 깊은, 어둠의, 정취.

어디로 가실 건데요, 너무 급하지 않나요?
—오래도록 머물러 있을 생각입니다

혼자 그렇게요, 이 어둠을
—곧 날이 밝겠죠, 어서 준비하세요

정말 너무 하시는군요
—하지만 아무도 기다려 주지 않습니다

......

—고마웠어요

감독판 영화

1970년대 골목거리

벗어나고 싶어요 입술연지 짙게 바른 나의 미소가 오늘도 밤하늘에
공허한 메아리만 남깁니다 떠나온 고향 역엔 코스모스 산들산들 손 흔들며
반겨줄 텐데 아무도 날 데려가지 않나요 불빛 찬란한 어둠의 유혹보다
견딜 수 없는 외로움이 온밤을 내내 서성이게 합니다

어머니, 마른 한숨에 젖어 어딜 보세요 제 얼굴이 낯설어요 어제 무슨
일이 일어났나요 아— 세상은 자꾸만 조여 오는데 안 돼요! 조금만 더
기다려 주세요 이제 곧 아침이 밝아요 아무 말도 하지 마세요 애처로운
눈빛은 필요 없어요 그대로 머물다가 떠나가세요

눈이 감겨요 내 눈썹 끝을 짓누르는 햇살의 무게에 숨이 막혀요 그런데
왜 이렇게 눈물이 나죠 지금 몇 신가요? 아니 아무것도 아니에요 그래요
잊었어요 정말이지 하나도 슬프지 않아요 이제 갈 길을 떠나서야죠 미안해
할 필요는 없어요 이미 그렇게 익숙해진 세월인 걸요 산다는 일이 신기해
요 네 안녕히 가세요 잠깐만요 혹시,

1980년대 지하 생맥줏집

공공연한 신의 죽음 … 이야기해 주세요 … 달님은 별과 함께 목을 맨
채 싸늘히 식어 있고 저문 해 돌아오지 않는 능숙한 새벽 … 너무 가까이

오진 마세요 … 어금니 깨물던 눈빛 하나둘 은밀히 사라져 웅크린 바람
일렁이는 대밭 희붐한 은어 속 뒤척임 사각사각 썹히는 숨죽임 가운데
샘솟는 뜨거운 분노 … 두 눈 부릅뜨고 있어요 … 우두둑우두둑 짓밟으며
때로 툭툭 튀어 오르며 예리하게 갈라진 틈새로 도려내듯 가슴에 화악,
… 됐어요, 그만 하세요

1990년대 2층 카페 창밖

한 걸음 물러서면 맞아야 하고 다가서면 때려야 하는 폭동에 찌든 깃발
나부끼는 적막한 선봉에서 자꾸만 쓰러지는 발목들 파고드는 땡볕 굶주린
독수리 떼 그림자 짙게 드리운 마루마다 물너울 넘실거리며 한 걸음 한
걸음 어둠 속으로

낯뜨거운 공존은 스스럼없이 어제의 적과 함께 웃음을 팔고 전선을
위해서라면 계속 드러낼 미소가 있음을 감추지 않았듯 억새풀 낮게 깔린
안개 자우룩한 저녁 얼굴 없는 손짓들이 엮는 끈적한 거미줄마다 심드렁한
눈길 머무는

관절이 꺾어지는 일군의 무리 달리고 손뼉 치며 뒹구는 신발 줄줄이
엮여 하늘로 오르면 굳게 닫힌 숭례문 살랑한 바람 밀고 들어와 연막을
토하며 출발하는 버스 점점 밀어내며 목면 산자락 휘영청 감고 도는 바람
꽃과 오버랩

남대문 시장에서

채 마르지 않은 초록의 탑을 쌓고
부르르 떨며 바둥거리다
이내 허공을 가르는 발짓
목을 길게 빼고 구원의 바다를 찾지만
눈에 보이는 하늘빛 푸르러도
고향으로 가는 심해(深海)는 멀다

거북아, 거북아
쓸쓸한 기다림으로 딱딱해진
껍질 속에서 조금만 더
부디 모질게 견뎌다오
내일은 비가 온다
너를 부르는 응답의 소리

비 오는 바다

끝도 시작도 없는 캄캄한 하루
깨어 있어야 한다

깨달음의 시작은
삶의 이유 있음
삶의 근거는
존재의 미련 없음

떠남과 만남이 하나인 길
길 없이 이어진
바다의 속이 깊다

속 깊은 바다가 생명을 키운다
그 많은 아이들
다 어떻게 키우나 했더니

빗방울이 모유를 준다
동글동글 잘도 받아먹는다
바다에서 생명이 자란다

시집에 대한 질문

하늘에 펼쳐놓고 읽는 시집은
땅 위에 그림자를 짙게 남겼다

시인들은 하늘만 한 시집 구석구석에
살아가는 풍경을 새겨 놓았고

사람들은 제각기
시인의 뛰어난 응시와 집중의
실감나는 대상물로 깊이 음각되어 있었다

책을 덮는 순간
한순간에 사라지는 모습들
시공을 접어버린 찰나의 고요

비틀즈의 걸(girl)

그들의 여자는 길게 불린다
Ah gir-----------l
그들의 여자는 오랫동안 불린다
Ah gir-----------l
그들의 애잔한 울림은 오래도록 길게 남는다

Ah girl, 이젠 멀어진 걸
girl, 이미 떠나간 걸
girl, 더 많이 사랑할 걸
girl, 후회해도 소용없는 걸

잊지 못할 girl
그래도 잊은 girl
종잡을 수 없는 girl
날 사랑한 girl
내가 사랑한 girl

오, 여인이여

메시지

마른하늘에 굉음이 다가선다 도저히 들릴 수 없는 무게 저렇게 파란하늘 배경 삼아 소리 먼저 앞세워 도도하게 밀고 온다 내려앉기 위하여 가냘픈 다리 디딜 수 있을까 첫발 내딛어 박차고 떠오를 때처럼 서두르면 안 된다 뜰까 날까 서서히 내려앉는다

3,2,1,0 쿠르르릉 꿍꿍 아직은 아니다 바라보는 이목의 초점은 자유로운 탈출 이후의 꿈은 아니다 얼마나 괴로우면 뜨는 것이냐 띄우는 희망은 얼마나 간절한 것이냐 홀로서는 고독 외로운 자유 얼마나 견뎌야 바라는 것이냐 서로의 눈빛 태우고 싶어 별 뜨는 밤마다 날을 지샌다

또 온다 달려든다 부르지 않아도 빨려드는 먼지 존재는 일일이 헤아릴 수 없다 인사는 하고 왔는가 다녀온다 했는가 작별 없이 헤어진 모든 것들이 한자리에 모인다 얼마나 모이면 한 세계 떼어줄까 달려드는 몸짓에 거부는 없다 두고 온 것 없는 자신들의 행성 대폭발 이후로 커다란 눈물 고이니 두 손으로 거두어 보낸다 띄운다 훨훨 날아간다

화면보호기_우주 공간

혼자라는 것, 그것은
나락에 빠지는 끝없는 추락이거나
대기를 뚫고 오는 광속의 다가섬

함박눈 내리는 하늘 속 가운데
맞아도 맞아도 아프지 않은 차가움이거나
멈출 수 없이 쏟아지는 그리움

지구가 멈춰도 나만 사는 것
세상이 돌아가도 나만 멈춘 것
그렇게 몇 광년이 지나가는 것

멍하니 있다 보면 어김없이 나타나
모니터 안으로 흠뻑 빠져들게 되는
평범한 일상 속 심연의 우주여행

화면보호기_3차원 곡선

1. 설정

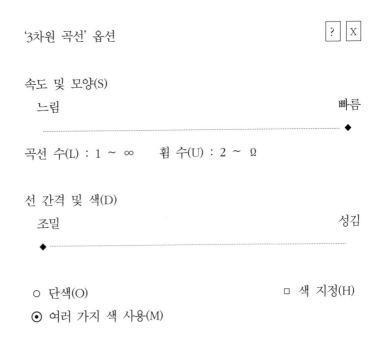

'3차원 곡선' 옵션   ? X

속도 및 모양(S)

느림   빠름

곡선 수(L) : 1 ~ ∞   휨 수(U) : 2 ~ Ω

선 간격 및 색(D)

조밀   성김

○ 단색(O)   □ 색 지정(H)

◉ 여러 가지 색 사용(M)

2. 곡선 하나, 휨 둘부터 끝까지

아득한 심해(深海) 태초의 생명인가
저기 우리가 사는 이 공간에 몸부림치는 삶을 본다
혼자 노는 재미를 알아 부드럽게 늘어졌다가도 이내 돌아오는구나
떠나고 싶지만 한 걸음도 벗어나지 못하는 모습, 비집고 파고드는 변주

제 안의 욕망도 다스리지 못하고 어딜 떠나려는가

너무 지겨워 답답해 비틀고 꼬며 기지개 켜는 삶이 안쓰럽다
공간 활용 분주히 자신의 존재를 알리지만 그래도 빈자리는 보인다
바삐 움직일수록 드러나는 제 안의 모순,
실타래처럼 뒤얽히는 모습을 자주 본다
멍하니 화면이 멈출 때마다 번번이 드러나는 내면

서 있는 것들

버스 창가에 앉아 서 있는 것들을 바라본다

나 가 나 신 나 나 표 나 나 도심속에촘
무 로 무 호 무 무 지 무 무 촘히박혀서
　등　　등　　　판　　　　있는빌딩들

휘　　　　꼿　　　ㅈㅓㄴㄱㅣㅅㅈㅜㄹㅇㅇㅡㄹ
　어　　　꼿　　　　　전
　진　　　한　　　ㅇㅣㄱㄱㅅㅓㅇㅣㅆㄴㅡㄴ
　나　　　나　　　　　봇
　무　　　무　　　　　대

옆구리 열어 식사 중인 자동차
삐딱이 고개 돌린 채 잠든 자전거
머리핀 잔뜩 이고 활짝 웃는 리어카

모두 스치듯 지나고 보니
쫓기며 달리는 세월로부터 비켜서 있다

신록(新綠)

우리는 오월을 잊기로 했다
붉게 물든 거리의 가로수도
타는 진달래의 함성도
어머님의 눈물은 더욱 잊기로 했다

해마다 오월이면 가슴 속에 돋아나
푸르름을 한가득 채워놓고는
바람결에 밀려오고
또 밀려가고

어둠에 갇혀서도 푸른 마음
흰 눈에 묻히어도 따스한 희망이었다고
비 내리는 새벽엔 더욱 그랬노라고
힐끗 스치는 향기가 말했다

하늘이 푸르게 넓어지던 날
코끝에 와닿는 시린 향 내음
가슴에 묻어 둔 그날의 기억이
새싹으로 돋아나고 있었다

휴대전화

또 다른 세상을 원할 땐 잠시 꺼두셔도 좋습니다*
저는 지금 기존의 통신수단으로는 말할 수 없는
반역을 꿈꾸고 있습니다
황혼의 미네르바 부엉이 날고
한 손에 쏘옥 들어오는 세상

여길 누르면 프랑스 대혁명과 연결되구요
여기는 10월 혁명,
이건 어디나 연결되는 핫라인이에요
허허! 온 가족이 여기 다 들어 있구나**
가까운 동지들께 선물하세요
혁명 간의 통화는 무료입니다

어, 여기 대한민국인데
뭐라구요? 잘 안 들려요!
고요한 침묵의 나라

*, ** : 이동통신사의 TV광고 문구

100

명품 상표

유럽 정통이라는
제국주의
독점자본의 이름이
머리, 목덜미, 가슴, 허리, 엉덩이, 발목
심지어 발바닥까지 달라붙어
피를 빨고 있다

아무리 먹어도 배부르지 않다는
기름진 몸통의 거대한 흡판을 대고
온몸의 피가 마를 때까지
결코 떨어지지 않는

끈질긴 먹성의
파리 낭만주의
이태리 풍 고등 찰거머리가

마네킹

전쟁일까?
두개골 잘려 나간 머리
목 없는 몸뚱이, 허리 잘린 하반신
차마 눈 뜨고 볼 수 없는 참혹한 현실

가망 없는 몸짓은 익숙해진 듯
스쳐가는 눈길을 부여잡지만
화려한 불빛 속 새어 나오는 신음소리
누군가 앓고 있다

조명이 난무하는 전쟁터
오고가는 눈총 한몸에 받으며
빗발치는 이윤에 온몸으로 맞서다
이렇듯 처참하게 조각난 모습들

생이 번듯한 도시의 불빛마다
즐비하게 늘어선 영광의 사체들
고통의 몸짓 지천으로 깔려
최후의 순간 또렷이 기억하지만
그것으로 사인(死因)의 원인은 밝힐 수 없다

문장(紋章)이 빛나는 화려한 수의(壽衣)
절명한 영혼들이 제각기 맞이한
죽음의 자세로 받아들인 최후의 순간들
뇌조차 멀리한 사라진 기억 속에
얼굴 없는 입술이 희미하게 웃고 있다

심벌마크

서울시의 상징 표지는
페퍼포그와 닭장차
오늘도 시청 앞 분수대 뒤엔
심벌을 앞세운 시청이 당당하게 서 있다

파출소 앞에 전투경찰 몇 명
공공기관 지하철역 입구마다
꾹꾹 참고 있는 찐의 방패들 나란히
가슴에 사과탄 두 알씩

종로에 사과나무
을지로에 감나무
대한민국 수도 서울 청사 앞엔
페퍼포그와 닭장차

영생불멸, 홍(紅)

花無十日紅이라 했던가
붉은 것이 꽃만은 아니다

약   중화요리
        정육
                    꽃
부동산

빨간 우체통 외로이 건너 뛰고

✝

여관   단란주점

            오락실

                    노래방

꺼질 수 없는 밤 깊을수록
찬란한 빛

朝
鮮
日
報

오늘도 지하철은

1. 연착되고 있다

안전선 밖 후미진 뒤편에서 이번에는 이번에는 밀쳐도 보지만 쉽게
구겨질 수 없는 하루가 너무도 많아 밀려난 뒷걸음 발 내밀 일이 아득하다
자동으로 여닫히는 출입문 틈에 끼어 더부살이 십수 년에 몸도 맘도 지쳐
가고 이리 떠밀리고 저리로 떠밀려도 다음에 정차할 부푼 꿈에 내리기
위해선 미리미리 출입문 앞에 나서야 한다 막막한 미로 속 갈아탈 일도
버거운데 우뚝 선 선행열차 또 무슨 검열인지 펼치지 못한 조간신문만
소금땀에 절어 있다

2. 기대지 마시오

급할수록 한 걸음 멀찍이 물러서서 내리실 손님 다 내린 지하철은 비상
을 위해 몸부림치는 인생을 한 번쯤 단꿈에 실어 재울 수도 있겠지만
짓눌린 젖가슴 등뼈가 휘어져도 과부하에 걸려 넘어지고 튕겨나도 내리실
문 바로 앞에 철석같이 기대야만 안전하다 불안전한 서민들의 일탈을
방지하며 종합운동장을 순환하는 열차는 열광의 밤을 돌아 기대지 않을
수 없는 승패를 연장하며 순위변동 없는 경기만 되풀이하고 있다

3. 위험, 들어가지 마시오

도심의 시궁창을 가로지르는 땅 속 희붐한 앞길이 답답하다 힘겨운 동력에 줄줄이 묶인 처자식들 두 눈 힘주어 고함도 내질러 보지만 철로에 매인 길을 벗어날 순 없다 이리저리 나뒹구는 타다 만 꽁초 한 잔 커피의 일용할 그릇에 처박혀 일회용 차표에 실려가지만 종착역 그리며 치닫는 설움 하마면 가리로다 숨쉬는 고향

4. 열차가 도착하고 있습니다

철조망 끊어 녹여 레일을 깔면 금강산 오가던 길이 보인다 부서지는 햇살 가득 꽃내음 짙고 모여서는 걸음마다 풋풋한 인사 그윽한 눈망울엔 훈훈한 연정 오늘도 저희 지하철은 따스한 그 온기를 전하기 위해 보드라운 가슴을 열어 드리겠어요 칸칸이 선반 위에 놓인 진달래 서로의 옷깃에 꽂아 주세요 노동으로 열리는 희망찬 새벽 덜컹이는 어둠 밀치고 이슥한 꿈 그득 싣고 달리는 열차 푸두둥 푸두둥 힘차게 간다

車에 대한 예의

좁은 골목길 네거리
행인을 사이에 두고 車와 車가 만난다
車는 서 있는 卒을 밀어내도 위험하고
卒이 먼저 움직여도 위험하다

車는 빠르다
빠른 車들 행인과 상관없이 지나가고
빠른 것들이 서로의 갈 길을 주장하는 동안
뒤로 물러설 곳 없는 卒은
대적할 만한 가치 있는 배기량이 아니어서
속시원히 한판 겨뤄 보자 못하고
걸음을 멈춘 채 한참을 서 있었다

운전은 인간이 한다
인간들이 올라탄 철갑들의 경주장에서
오직 앞으로만 나아가는 그들은
기사(技士)였을까 전사(戰士)였을까

한 칸 한 걸음이 소중한 卒은
도약 없는 지상의 고단한 길에서
갈 길 바쁜 전사들과 서로 부딪히지 않게
정면으로 마주치지 않게
옆으로 살짝 물러서는 예의 배운다

잠자리

풍요로운 자연의 느슨한 오후
돌아가는 세상 팽팽하게 마주 앉아
다정히 손가락 내밀어 빙글빙글 돌리면
뒤죽박죽 한 치 앞은 돌고 돌겠고 돌아버리겠고

그 모자이크 퍼즐 속에 담긴 어지러운 세상
슬금슬금 어김없이
뒤통수를 치는 찰나(刹那)
정신을 차린 잠자리가 되묻는다

만만해 보이나요, 네?
이리 갸우뚱
착해 보여요, 네?
저리 갸우뚱거리며
네? 네? 네? 네? 묻는 동안

벽시계가 덩달아
맞아! 아냐! 맞아! 아냐! 하며
왔다 갔다 했다

닝기리 장군

한족이었던가 만주족이었던가
그대들의 나라 용감한 장수
굳이 고조선의 피가 섞인
씨앗이라 하지 않아도
충분히 자랑스러운
장군 닝기리

고선지, 을지문덕, 강감찬, 양만춘
숱한 우리의 장수 들먹이지 않아도
닝기리의 맞수는 흔하고 흔했지
쑹화 강변이었던가 헤이룽 강변이었던가
고비사막 넘어가는 허허벌판이었는지도

그날 말발굽 소리 천지를 울리고
힘찬 북소리 심장에 요동칠 때
닝기리 제대로 임자 만나
채 몇 합 겨루지 못하고 쓰러졌지
그때 죽으면서 내뱉은 비명
"씨발 좆도"

상대를 좆만 하게 본 그네 잘못 크네만
싸움이야 언제나 냉정한 것 그나마
비정한 승부 세계에 한 교훈 남겼잖나

이제와 새삼 이르지 않아도
공자 왈, 맹자 왈보다 중히 여기어
허황된 역사편입, 동북공정 그만두게
닝기리의 씨발 좆도!
명심하란 말이네

구구단

초보 아비 시절 자고 있는 아이를 어르다 울린 적 몇 번인가
그렇게 사랑을 되확인하고 키운 아이들에게
팔칠이? 잠결에 물어도 얼른 답하지 못하면
그건 아직 외운 게 아니란다

술에 취해 들어오시면 아버지는 늘 구구단을 외웠다
무의식이 위로인 걸 모르는 자식에게
팔칠이 오십육, 팔팔이 육십사
암만 물어봐라 내가 틀리나 언제나 옳은 길

성공스님의 아이디는 읽는 사람에 따라
산도둑이 되고, 산 도덕이 된다고 했다
나도 다~ 자알~ 될 거라고 외친다
그게 다, 잘 되는 건지 도는 건지

구구단처럼 뻔한 정치 얘길 하자니 자꾸만 길어졌다
어릴 적엔 불 끄고도 궁시렁거린 적 많았는데
술 먹고 나이까지 먹고 나니 술잔을 남기고도 눈을 감는다

민족자결이 끝없는 자결로 이어져도
스스로 목숨 끊어 본 적 없는 사람들은 주장한다
'대한미국은 미주공화국이다.
대한미국의 모든 권력은 미국으로부터 나온다.'

아무래도 국민교육헌장을 다시 외워야겠다

주식 시황

1. ▲ 오름세 ↑ 상한가

저 산 목줄기 힘껏 쥐어 조르면
붉은 얼굴 달아올라 햇살 쨍쨍 빛나기도
무노동에 이르는 정상 홀로 이리 좋은가
신선 경계 넘나들며 꿈인 듯 생시인 듯

땀인 양 저 물보라 영롱히 솟아올라
수직의 탄탄대로 기둥 세울 때까지
힘차게 따라붙어 밀어 올릴 때까지
한 입 크게 벌려 새우 쓸어 모으다

2. ▼ 내림세 ↓ 하한가

길 잃은 물줄기 온몸 부서져
천 길 낭떠러지 뚝뚝 떨어진다
덧없어라 욕망이여 허공에 뜬 물방울
잠시 솟구치다 숨죽인 듯 고요한 정지

첩첩산중 뒤흔드는 웅장한 몰락
접영 자세 폼나게 쏟아진다 부서진다
망망대해 접어드는 기나긴 여정
떠오를 수 있을지는 아무도

주식 투자

논 몇 마지기
몇백 쌀가마
보다 목마른
더 목 매인 갈망

땀 한 방울 거래되지 않고
욕심 함께 팔릴 수 없는
단, 십, 백, 천, 만
십만, 백만, 천만의
현실

꿈이 현실로
가볍게
억장
　ㅁ
　　ㅜ
　　　ㄴ
　　ㅓ
　　　ㅈ
　ㅣ
　　　ㄴ
　　ㄷ
　　　ㅏ

서해대교 참사

추석 명절을 며칠 앞두고 친구의 장모님이자 친구의 어머니께서 바다 위 높은 길에서 뜨겁게 돌아가셨다. 어머니를 잃은 친구는 나를 보자 눈물을 터트리고 장모를 잃은 친구도 눈시울이 뜨거워졌다. 사위인 친구와 서로 어색한 맞절을 하고 덩달아 울지도 못하면서 딸인 친구의 눈물보만 터트려 서둘러 나왔다. 명절을 앞둔 빈소는 미국에 간 외아들이 돌아올 때까지 칠일장이 될지 구일장이 될지 알 수 없다고 했다. 친구의 여동생과 언니는 오랜만에 만난 자리가 이렇게 되었다며 처음 본 맨얼굴만큼이나 어색하고 낯설어했다. 형 대신 사고현장의 뒤처리를 수습한 시동생은 형수의 눈물 앞에서 태권도장 관장의 패기가 허물어졌다. 사위에게 첫 비보를 전한 장인은 같은 병원에 따로이 누워 아내가 떠넘긴 천운을 못 이겨 괴로워하고, 장인에게 장모의 마지막을 들은 사위는 그것이 '먼저 가서 미안하다'는 말이었음을 친구들에게 전했다.

우리라면 어떠했을까 우리도 그러했을까
먼저 가는 것이 미안함을 알기까지 우리는 남아서 무엇을 할까
한 사람이 가고 여럿이 남았다

하세월(何歲月)에 빠진 세월호

한없이 소중했고 뜨겁게 미안하고
맘 졸이며 기다려온 수많은 날 지나가고
앞길 창창하게 더 많은 날들 남았는데

해 뜨는 날 많아도 물길 헤아릴 수 없으니
다시 만날 기약 없이 달빛에 기대앉아
오늘도 한 줄기 희망은 별조차 볼 일 없고

세월은 흘러가는데
세월호는 잠겨 있다
하세월이다

진규 형에게

10년이면,
형이 있는 그 곁에 우리 모두가
밤새워 얘기할 줄 알았었는데

지난 10년,
불어난 가족 얘기며, 아직도 혼자인 동수 형이며
여전한 한반도며, 밀린 원고며
졸린 눈 깨워가며 웃고 마시며
들려줄 이야기 많았었는데

10년 동안,
잠들지 않는 남도 바람 맞으며
귀 기울이며 썼다 지운 세월, 저 혼자 다 알고 지켜본 가슴
그저 모두가 그 곁에 서서 얼굴만 마주봐도 좋았을 텐데

열 번째 기일,
이른 아침 영춘 형이 전화했어요
오늘이 진규 십주기다 일일이 모두에게 말하기 위해
밤새워 형 혼자 기다렸대요

10월 7일,
오늘은 이렇게 일어났어요
추석 연휴 끝 단잠을 깨고 돌아갈 일상이 두려운 우릴

아직도 말없이 기다리는 형

조기(乾石魚)

열대야 잠 못 이루는 국장(國葬)
눈을 뜬 채 말라가는 조기에게
금붕어 조문객이 말을 건넨다
당신이 간 세상은 어때요?
니가 사는 덴 좋으니?

끔뻑끔뻑 3초의 머리로
또다시
당신은 누구십니까?
니가 아까 걔니?

여기저기
요기조기
전철(前轍)의 역사를 밟으며
온갖 지느러미로 너스레를 떤다

비굴(非屈)한 자
비굴(卑屈)한 자
조기(弔旗)에 꿰인 굴비 한 두름

취중진담_애국가

동해물과 백두산은
노는 물이 다르다
마르지도 않고 닳지도 않는다
씨를 말려도 피어나는 꽃
무궁무진 그 다함을 아는가
밝은 달은 우리 가슴 일편단심인 걸
길이 보전하지 못한 죄야
탓하면 무엇 하리
괴로우나 즐거우나 사랑을 하다 보면
내가 남이 아니듯 나라까지도
아— 아— 우리
앞으로 무엇 하리

노래_광야에서

찢기는
찢겨진 채 살아온 시간들이
어느덧 한 인생이 되고

가슴 안고
헤어진 세월만큼 부둥켜안고
통곡하는 이산가족 상봉

사라졌던
그날 이후 한시도 잊은 적 없는
오마니는 작년에 그만

이 땅에
유일한 분단국가에 살아가는
숨가쁜 사람들

피 울음
다시는 흘리지 말자고
삶을 송두리째 내던진 사람도

있다
서로 당연한 줄 알면서
말로만 살아가는 사람들 속에서

아파서, 아파도
할 일이
있다

시조_연령대별 실업 풍자

이태백

이십 대 어디 갔소 코빼기 안 보이오
태반이 백수라니 이 어찌 된 일이요
사십 만 청년실업자 밥 좀 먹여 살려 주

삼팔선

삼십 대 팔팔하오? 김 대리, 박 과장님
이 차장 승진해도 낯빛이 어두울세
한참을 일해야 할 때 38 선방이 다 뭐요

사오정

사십 대 대단하오, 아직도 근무하우?
사십오 그 나이가 막바지 정년인데
행여나 나가라 하면 못 들은 척하시오

오륙도

오십 대 근무하니 가문의 영광일세
오십육 세 넘기면 '도둑놈'이라 하니
이태백 아들 둔 탓에 염치일랑 몰라라

신사임당, 마늘밭에 묻히다

이 무슨 감춰진 역사의 비화인가 했다
사임당 신 씨께서 마늘밭에 묻히다니
율곡 이이 생전에 일어날 수 없는 일이었으니
어느 못된 후손들이 보상을 노리고 임야를 전답으로 용지변경했나
개발의 명분이 산언덕까지 치고 올라가
콩 심고 마늘 심어 봉분마저 밀어버렸나

〈신사임당 마늘밭에 묻히다〉니
세종대왕 보시고 퍼렇게 질려 심히 저어하셨다
아드님 보시고 열 배는 더 맵게 통곡하셨다
퇴계 선생께서는 본인의 입장에선 상상할 수 없는 일이라고 하셨다
무릇 백 곱절 날아올라야 하는 오백 원 동전 입장이야

그게 다 뻥 튀겨진 돈이라고 했다
헛되이 부풀려진 욕망이 빚은 공갈빵이라고 했다
튀밥 기계에 넣은 오십 원 동전이 '뻥이요' 하고 터진 뒤
일확천금(一攫千金)이 눈에 빤히 보이는 세상으로 나타나
말로만 듣던 얘기를 직접 보여준 것이라고 했다
역사를 빙자한 기사 제목도 버젓한 현실의 뒷얘기였다

세대교체

어릴 적 살던 집 마당엔 사루비아며 맨드라미
채송화도 봉숭아도 한창이었다
장독대 옆에는 아주까리 열매가 익었고
담장 너머 옆집 배나무가 얼굴을 디밀어서 좋았다

배추 이백 포기를 땅속 항아리에 묻고
연탄 수백 장을 지하실에 차곡차곡 쌓던
아저씨, 아줌마들은 어디로 가셨을까
전화기 너머엔 밴드도 텔레그램도 할 줄 모르는
할아버지, 할머니들만 계시다

김장김치 이백 포기가
백 포기, 오십 포기로 줄어들고
지하실엔 연탄 대신 커다란 기름통이 들어섰지만
지금은 그마저 모두 사라지고
세상이 더 살기 좋아졌을까는 알 수 없지만

어느덧 처녀이거나 총각이고
학생이거나 어린이인 아이들이 자라나
꽃은 더 붉게 피고, 새는 드높이 더 자유롭고
조금씩 우리의 어둠을 밀어내는 별들은
노랗게 반짝이며 저 하늘에 눈부실 것이다

점과 선의 일상

초판 1쇄 인쇄   2020년 6월 8일
초판 1쇄 발행   2020년 6월 15일

지은이 • 임장혁

발행인 • 양문형
퍼낸곳 • 끌레마
출판등록 • 제313-2008-31호
주소 • 서울시 종로구 대학로 14길 21 4층
전화 • 02-3142-2887   팩스 • 02-3142-4006
이메일 • yhtak@clema.co.kr

ISBN 979-11-89497-33-0 (03810)

• 값은 뒤표지에 표기되어 있습니다.
• 제본이나 인쇄가 잘못된 책은 바꿔드립니다.

이 도서의 국립중앙도서관 출판시도서목록(CIP)은 서지정보유통
지원시스템 홈페이지(http://seoji.nl.go.kr)와 국가자료공동목록
시스템(http://www.nl.go.kr/kolisnet) 에서 이용하실 수 있습니다.
(CIP제어번호 : CIP2020021726)